INSTITUT DE FRANCE

ACADÉMIE DES BEAUX-ARTS

TROISIÈME CENTENAIRE

DE VAN DYCK

A ANVERS

Le Dimanche 13 août 1899

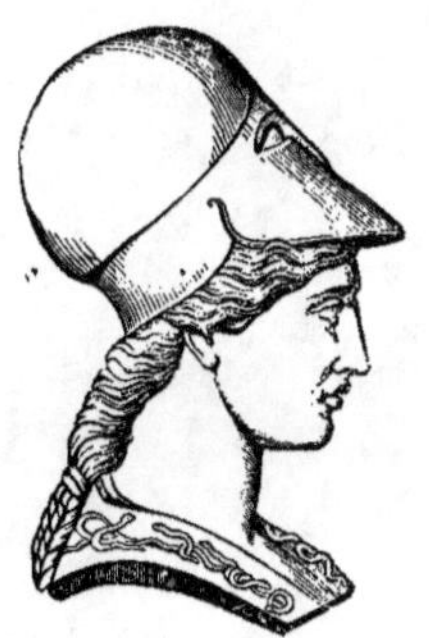

PARIS

TYPOGRAPHIE DE FIRMIN-DIDOT ET Cⁱᵉ

IMPRIMEURS DE L'INSTITUT DE FRANCE, RUE JACOB, 56

—

M DCCC XCIX

ACADÉMIE DES BEAUX-ARTS

TROISIÈME CENTENAIRE
DE VAN DYCK

DISCOURS

DE

M. GEORGES LAFENESTRE

MEMBRE DE L'ACADÉMIE DES BEAUX-ARTS

PRONONCÉ A ANVERS

Le Dimanche 13 août 1899

MESSIEURS,

Si la paix universelle, ce rêve toujours déçu des âmes nobles, doit, en quelques jours lointains, se réaliser, l'Humanité reconnaîtra que les artistes en auront été les agents, sinon les plus bruyants, au moins des plus fidèles et des plus utiles. Ce n'est pas seulement dans l'admiration commune et désintéressée des œuvres d'art que les hommes civilisés oublient, avec le plus de joie, par instants, vis-àvis les uns des autres, leurs préjugés, leurs dissentiments ou même leurs hostilités. L'un des honneurs de notre siècle, de notre grand siècle aura été de donner aux artistes eux-mêmes, aux maîtres illustres du passé, à ceux dont le génie a subi l'épreuve décisive en se répandant, par une pénétration lente et sûre, à travers les deux mondes, ce rôle posthume et presque divin, de pacificateurs visibles et effectifs. Depuis que la ville d'Anvers, la ville traditionnelle des initiatives hardies et des hospitalités généreuses, imitant l'exemple de sa sœur aînée, Florence, mère de Michel-Ange, avait convoqué, en 1877, tous les amis de la peinture aux pieds de son grand fils, Pierre-Paul Rubens, c'est presque sans interruptions, à brefs intervalles, qu'on a vu se tenir, à Florence encore autour de Donatello, à Urbino autour de Raphaël, à Amsterdam autour de Rembrandt, à Madrid autour de Velasquez, de véritables assises de la paix. En se retrouvant tous, une fois encore, plus nombreux que jamais, à Anvers, pour y fêter son second fils, Antoine Van Dyck, les représentants des nations qu'y attire la reconnaissance envers son génie, y peuvent exprimer cette reconnaissance en des langues diverses; si le son des paroles diffère, la pensée reste la même, comme le même aussi l'enchantement répandu dans leurs imaginations par les œuvres de ce grand charmeur. Beaucoup de couronnes, toutes avec le même enthousiasme, vont être déposées devant la statue de Van Dyck. Son âme, fière et douce, qui plane, aujourd'hui, au-dessus de nous, dans l'azur tendre du ciel d'été, l'azur qu'il aimait, en sera, sans doute, réjouie, et elle ne s'étonnera pas que, parmi ces couronnes, il y en ait au moins une

qui vienne de France, car, entre la France et lui, il y a
toujours eu, il y aura toujours un fidèle échange de sym-
pathies.

I

Sans doute, comme artiste, Van Dyck, qui doit tant à
l'Italie, n'est en rien notre débiteur. Il n'a point fait, dans
notre pays, de longs séjours comme en Angleterre, il n'y a
point laissé d'aussi nombreux ouvrages, il n'y a point exercé
sur les destinées de la peinture une action aussi continue,
exclusive et souveraine. Néanmoins ses passages rapides,
chez nous, ont laissé quelques traces, et il a suffi qu'un
petit nombre de ses chefs-d'œuvre y prît domicile, d'abord
dans les appartements des rois à Versailles, puis dans les
musées de la nation à Paris, pour que l'admiration de nos
peintres en tirât, presque sans relâche, un salutaire
exemple et de visibles profits.

Le jeune Van Dyck, dit-on, parlait français. Peut-être
avait-il appris cette langue, déjà presque universelle, de la
bouche même de cette charmante mère, Marie Cuypers,
qu'il perdit si jeune, mais dont il semble, toute sa vie,
avoir gardé dans le cœur les délicatesses attendries pour
les répandre sur les visages de ses Vierges, de ses Made-
leines mondaines ou repenties, de ses enfants et de ses
anges. Quoi qu'il en soit, à vingt et un ans, en octobre 1621,
il traversa une première fois la France. Son séjour à Paris
fut de courte durée, puisqu'on le trouve, dès le 20 novembre, installé à Gênes, chez les frères de Wael ; mais il avait

dû y suivre de près, s'il ne l'y rencontra, son maître Rubens qui préparait la décoration d'une galerie dans le Palais du Luxembourg, et venait d'en présenter les esquisses à la reine mère. A Gênes, l'un des amateurs auxquels il est d'abord présenté est un banquier français, Lumagne, grand collectionneur; l'un des artistes dont il prend conseil est le peintre français le plus célèbre de l'époque, le décorateur à la mode, Simon Vouet, mondain, voyageur, cosmopolite. Il fait leurs portraits comme il fera bientôt à Florence celui du graveur et dessinateur français le plus populaire, Jacques Callot. Dès lors, c'est par les portraits qu'il sème à profusion sur sa route, portraits de ses confrères, de ses hôtes, de ses conseillers, de ses protecteurs, que nous suivons, pas à pas, toutes les étapes de ses voyages. Vous savez combien ces images improvisées, peintes, gravées ou dessinées, toujours étudiées avec la conscience pénétrante de l'amitié désintéressée et exécutées avec l'entrain joyeux de l'admiration ou de la reconnaissance, tiennent, dans l'œuvre de votre compatriote, une place rare et supérieure! L'une des plus vivantes peut-être, et plus caractéristiques, dut être celle de Nicolas-Claude Fabri de Peiresc, le célèbre amateur et antiquaire d'Aix-en-Provence, depuis longtemps l'ami et le correspondant de Rubens, chez lequel Van Dyck, au retour d'Italie, séjourna quelques semaines. Cette fois, il s'arrêta aussi un peu plus à Paris où la galerie de Médicis venait d'être achevée ; il y regarda longuement l'œuvre colossale de son maître et de ses condisciples à laquelle il avait failli être associé. L'un de ses compagnons d'études et de plaisirs y fut ce singulier personnage, érudit, collectionneur, musicien, François Langlois, dit Chartres,

qu'il nous a représenté souriant, coiffé d'un grand chapeau,
jouant de la musette.

Si le jeune peintre ne fut pas alors, peut-être, présenté
à la cour de France, c'est la cour de France qui vint bientôt le chercher en Flandre. Marie de Médicis, exilée, alla
faire visite à Anvers, dans l'automne de 1631, à son artiste
favori, au plus grand maître du temps, Rubens, en son
palais : le même jour elle se fit conduire aux magasins de
la Ligue hanséatique, dans l'atelier modeste mis à la dispo-
sition de Van Dyck par la ville. Marie de Médicis, son fils,
Gaston d'Orléans, sa belle-fille, Marguerite de Lorraine,
les seigneurs et les dames de sa suite, se firent peindre par
le jeune artiste. Plusieurs de ces portraits allèrent en
France annoncer ce que le bel Anversois ajoutait déjà dans
ses figures aristocratiques, de fidélité et de sensibilité, de
distinction et d'agrément, aux qualités de coloriste et
d'harmoniste acquises par lui chez son maître Rubens et
chez leurs maîtres communs à Venise, Giorgione, Palma,
Tiziano, Lorenzo Lotto, Pâris Bordone, etc. L'admiration
à Paris devint plus vive encore lorsque s'y placèrent, dans
les chambres royales, quelques-unes des images admi-
rables de la douce Henriette-Marie de France, reine d'Angleterre, de son brillant et bientôt infortuné mari, de leurs
délicieux enfants. Il est donc bien certain que, dix ans
après, lorsque Van Dyck, illustre et riche, arrivant de
Londres dans une auréole de gloire officielle, reparut à
Paris, après ses désillusions à White-Hall, dans l'intention
d'y faire, comme son maître, une œuvre d'ensemble impo-
sante et capitale, il n'y put être accueilli avec indifférence.
C'est moins l'arrivée du Poussin, chargé de décorer la

grande galerie du Louvre, qui lui retira l'espoir d'obtenir
cette commande si désirée, que l'état déplorable de sa
propre santé, ruinée par des excès de travail et peut-être
de plaisirs. On n'en saurait douter, lorsqu'on relit sa lettre
à M. de Chavigny, publiée par M. Guiffrey :

Monsieur,

Je voys, par vostre très agréable, comme aussi j'entens par bouche
de Monsieur Montagu, l'estime et l'honeur que me faict Monseigneur
le cardinal. Je pleins infiniment le malheur de mon indisposition
puis, (qu'elle) me ren incapable et indigne de tant de faveurs. Je
n'aury jamais honeur plus désiderée que de servir Sa Emi^{za} et si je
puis recuvrir mon salut, como j'espere, je feroy un voiaje tout
expres pour recevoir ses commandemens.

Cependant, je m'estime extremement redovable et obligé et como
je me troive de jour en jour pire, je desire con touta diligensa de me
avanser envers ma maison en Angleterre pour laquele donc je vous
supplie de me fair tenir un pasport pour moy et cincq serviteurs,
ma carosse et quatre sevaux et m'obligerés infiniment d'être vostre
à jamais como je suis, Monsieur
Vostre très humble et très obligé serviteur,

Ant°. Van Dyck.

16 novembris 1641.

Cette lettre, toute parsemée d'italianismes, dictée par
Van Dyck, n'est point écrite de sa main. Il n'y apposa que
sa signature, d'une main déjà tremblante, le 16 novembre
1641. Quelques jours après, il ne rentrait en Angleterre,
près de sa jeune femme, que pour s'y éteindre le 9 dé-
cembre, à l'âge de quarante-deux ans. Sa dernière ambition d'artiste avait été pour la France ; c'est à Paris qu'il eût

voulu trouver la sanction de sa gloire, comme son illustre
maître, Rubens.

II

Ce n'est point la quantité qui compte dans les arts, vous
le savez, c'est la qualité. Si la brièveté de sa vie n'a point
permis à Van Dyck d'accomplir à Paris aucune œuvre
comparable, pour la puissance de l'invention créatrice
et de la splendeur décorative, à cette magnifique et fas-
tueuse épopée qui, depuis trois siècles, aujourd'hui au
Louvre comme autrefois au Luxembourg, entretient ou
réveille, en France, chez les peintres d'histoire, à intervalles presque réguliers, l'ardeur imaginative et le goût
des grandes orchestrations colorées, il a suffi de quelques tableaux excellents et de quelques portraits incom-
parables, bientôt acquis par Louis XIV, pour que son action s'exerçât, d'une façon presque ininterrompue, avec une
séduction particulière, sur toute une catégorie d'artistes.
Peuple essentiellement pénétrable et international, comme
nous le sommes, en vertu même de notre situation géo-
graphique et de notre composition ethnique, Celtes lati-
nisés et Gaulois germanisés, ouverts, de tous côtés, sur
tous les climats, à toutes les idées, les accueillant toutes
avec joie, pour leur donner la forme même de notre tem-
pérament, claire, rapide et vive, et pour les convertir,
le plus vite possible, en action, nous n'avons cessé, depuis

...

notre origine, dans les arts comme ailleurs, de prendre
conseil, tantôt au Nord, tantôt au Midi. C'est surtout dans
l'histoire de la peinture que ces oscillations fécondes sont
faciles à constater. Suivant que, chez nous, les peintres
ont regardé plus attentivement du côté de l'Italie ou du
côté des Flandres, ils se sont montrés plus dessinateurs
ou plus coloristes, plus idéalistes ou plus naturalistes,
plus traditionnels ou plus indépendants. Le mouvement
d'alternative se produit d'une façon d'autant plus régu-
lière, que l'effet est plus vif, l'assimilation plus rapide et
plus excessive et détermine, par conséquent, plus vite
une réaction. Chaque fois que notre école s'est trouvée
refroidie par l'abus de la régularité, de la correction, de
l'imitation classique, il s'est vite trouvé quelqu'un pour
la rejeter vers le mouvement, la réalité, la couleur; or
c'est presque toujours par Rubens et Van Dyck que s'opère
l'évolution. On peut ajouter que l'action de Van Dyck a
été plus constante et qu'elle y reste plus sensible parce
qu'elle s'exerce sur un genre essentiellement national, sur
le genre même où le génie de Van Dyck dépassa, par
certains côtés, le génie de ses prédécesseurs, sur le portrait. Il suffit de comparer aux portraits de Van Dyck nos
portraits contemporains, ceux de Simon Vouet, des Le
Nain, du Poussin même, un peu plus tard ceux de Séb.
Bourdon, Le Brun, Mignard, pour sentir en quoi notre
scrupuleuse fidélité et notre observation consciencieuse
différaient de sa fidélité et de son observation. Si ces graves
artistes se montrent, souvent, des dessinateurs plus rigou-
reux et des psychologues plus profonds, comme il s'en
distingue, d'un autre côté, par l'aisance des allures et les

séductions savantes de l'expression colorée ! Le seul artiste qui rivalise avec lui, c'est Philippe de Champagne, mais Philippe de Champagne, travaillant à Paris, est flamand d'origine. Le célèbre *Portrait de Richelieu* fut exécuté avant la mort de Van Dyck, et l'influence de Van Dyck n'y semble pas étrangère. On peut croire que le peintre du cardinal Bentivoglio l'eût exécuté avec plus de chaleur, et qu'il eût fait du fameux cardinal un homme d'État moins digne sans doute et moins réservé, plus militant peut-être, plus nerveux, plus réel.

C'est à la fin du XVIIe siècle, par nos grands portraitistes, Largillière et Rigaud, que Van Dyck apparaît, décidément, comme le maître de l'école. Largillière n'eut point de peine à s'en pénétrer, puisqu'il est de chez vous, fils d'un négociant français établi à Anvers, et qu'il ne quitta les Flandres, dans sa jeunesse, que pour aller étudier à Londres, où il retrouvait Van Dyck à chaque pas. Il l'aima donc et le comprit, il le fit aimer et le fit comprendre, et, depuis ce temps, l'art du portrait, en France, même à la cour, fut ranimé et réchauffé. Est-il nécessaire de rappeler ce qu'il y a de Van Dyck dans le talent de Claude Lefebvre, de Tournières, de François de Troy, de J.-M. Nattier, de Watteau et de tous les peintres galants ?

Les papiers de la vieille Académie sont remplis de témoignages écrits de l'admiration que professent pour Van Dyck tous les coloristes, tous ceux qui veulent donner à leurs images le charme et le mouvement de la vie. Voici de Lafosse « si prévenu en faveur de Rubens et de Van Dyck, perfectionnés, comme lui, sur l'école vénitienne » qu'il trouve « que ces deux peintres avaient même porté plus loin leurs connaissances et l'intelligence de la peinture et avaient surpassé les Vénitiens dans certaines parties de la couleur ». Voici Jean-Baptiste Oudry, élève de Largillière, qui, le 7 juin 1749, lit une longue et admirable conférence sur la couleur, dans laquelle il met en parallèle, avec une hardiesse et une expérience supérieures, les principes d'observation de l'école flamande et les principes traditionnels de l'école classique. Toute la reconnaissance d'Oudry, comme celle de Largillière, va à Rubens et à Van Dyck.

« Largillière me dit un matin qu'il fallait quelquefois peindre des fleurs ; j'en fis chercher aussitôt et je crus faire merveille que d'en apporter de toutes les couleurs. Quand il les vit, il me dit : « C'est pour vous former toujours dans la couleur que je vous ai proposé cette étude-là ; mais croyez-vous que le choix que vous venez de faire soit bien propre pour remplir cet objet ? Allez, continua-t-il, chercher un paquet de fleurs qui soient toutes blanches. » J'obéis sur-le-champ. Lorsque je les eus posées devant moi, il vint se mettre à ma place, il les opposa sur un fond clair et commença par me faire remarquer que du côté de l'ombre elles étaient très brunes sur le fond, et que du côté du jour, elles se détachaient en demi-teintes pour la plus grande partie assez claires. Ensuite il approcha du clair de ces fleurs, qui était très blanc, le blanc de ma palette qu'il me fit connaître être plus blanc encore ; il me fit voir en même temps que dans cette touffe de fleurs blanches les claires, qui demandaient à être touchées d'un blanc pur, n'étaient pas en grande quantité par comparaison aux endroits qui étaient en demi-teinte, et que, même, il y avait très peu de ces premières. » La leçon continua longtemps et vous en devinez les effets. Ne croirait-on pas entendre Van Dyck lui-même enseigner à ses élèves l'art de surprendre les harmonies infiniment variées des tons délicats dans les apparentes monotonies des robes de satin, des manteaux de velours, des carnations fraîches et rosées qu'il assortit si finement aux fraîcheurs et aux rougeurs des accessoires, des tentures, des paysages? Toutefois, celui de nos grands portraitistes qui profita le plus de Van Dyck, sans le connaître autrement que par ses œuvres recueillies en France, ce fut Hyacinthe Rigaud. Quand le jeune Méridional débarqua de Perpignan à Paris, à l'âge de dix-huit ans, et qu'il montra ses essais à Le Brun, dans le désir d'aller à Rome, celui-ci, avec un bon sens et une liberté d'esprit qu'on ne lui accorde pas toujours, l'engagea à ne pas quitter la France, à s'en tenir à l'étude de la nature et à celle de Van Dyck. « Dès qu'il fut bien déterminé à se renfermer dans ce talent, Van Dyck fut pendant quelque temps son guide unique. Il le copiait sans relâche. » Les amis de Rigaud se disputaient ces copies. Quelques-uns même de ses premiers portraits ressemblèrent si fort à des Van Dyck, qu'ils en prenaient le nom chez les amateurs. Il lui arriva à ce sujet une aventure significative. Rigaud était déjà âgé lorsque le petit-fils d'un de ses anciens amis, M. de Materon, lui apporta le portrait de son grand-père, comme un morceau curieux que plusieurs connaisseurs assuraient être de Van Dyck, ce maître incomparable. Rigaud crut d'abord qu'il le voulait plaisanter et lui dit : « J'en suis bien aise. »

L'autre, d'un air sérieux, reprit : « Quoi! monsieur, il me semble que vous ne le croyez pas de Van Dyck! — Non, répliqua Rigaud, car il est de moi, et même je ne suis pas trop content de l'habillement, et j'y vais retoucher pour le mettre plus d'accord avec la tête qu'il ne l'est. »

Comment être surpris de la séduction exercée par Van Dyck sur les peintres du XVIIe et du XVIIIe siècle lorsqu'on la voit alors s'exercer sur les sculpteurs, sur ceux même qui, par le caractère énergique et violent de leur génie, comme Pierre Puget, sembleraient le moins disposés à comprendre son charme et sa grâce? On trouva, en effet, chez le grand sculpteur provençal, après sa mort, huit copies d'après Van Dyck qu'il avait peintes, de sa main, à Gênes; et, dans le salon de sa maison de campagne, c'était un portrait de Van Dyck, entouré des images de ses amis, qui tenait la place d'honneur.

Lorsque, à la fin du XVIIIe siècle, l'admiration pour Van Dyck parut faiblir, les portraitistes devinrent aussi, chez nous, plus secs, plus froids, plus minutieux : c'est l'heure des Drouais, de Mme Vigée-Lebrun, de Boilly. Aussi, le mouvement naturel des élèves ou contemporains de David qui sentirent le danger des principes du maître poussés à l'excès, fut-il de se rejeter vers les Flandres. David lui-même, dans ses grands portraits, les avait, d'ailleurs, prêchés d'exemple, avant même qu'à Bruxelles, dans la fin de sa vie, il en vînt à rivaliser avec Hals et Jordaens dans les *Trois Dames de Gand*. Prud'hon n'a pas été indifférent à Van Dyck, non plus qu'à Corrège et qu'à Léonard de Vinci, et lorsque Gérard animait plus chaleureusement ses figures, comme dans les portraits d'*Isabey* et de *Mme Visconti*, c'est qu'il pensait à Van Dyck.

Quant aux romantiques, ils devaient fatalement y retourner comme à l'une des sources les plus accessibles et abondantes de l'élégance, de la couleur et de la vie. C'est à Gênes que le jeune Gros s'enthousiasma, dans le palais Brignole, pour la distinction et la tendresse de Van Dyck; le portrait de *Mme Lucien Bonaparte*, fait à cette époque et placé récemment au Louvre, montre à quel point il en sut profiter. C'est à Paris, en se mesurant avec les chefs-d'œuvre flamands, alors accumulés dans le Musée Napoléon, que Géricault conçut la noble ambition de régénérer l'école nationale, dans le sens de la vérité, de l'éclat et de la vie. Vous avez, avec raison, recueilli ici même la preuve de ce qu'il vous doit, en plaçant au Musée de Bruxelles sa copie d'après le *Saint Martin de Saventhem*.

Il serait facile, Messieurs, de multiplier tous ces petits faits, de les multiplier jusqu'à nos jours, de vous désigner même, parmi nos portraitistes contemporains, ceux qui ont fait de Van Dyck leur ami et leur conseiller. Ce sont là, d'ailleurs, choses que vous savez tous, et si j'ai tenu à en rappeler quelques-unes, c'est simplement pour vous affirmer que, si nous avons reçu de vous de longs et précieux bienfaits, nous ne l'ignorons pas, nous ne le cachons pas, nous ne sommes pas des ingrats. N'est-ce pas là encore un des nobles privilèges de l'art que tout y appartient à tous, et qu'une fois la bonne semence amassée par l'homme de génie, chacun la répand et la cultive à son gré et en fait sortir une moisson qui est bien la sienne?

La plus grande gloire n'en reste pas moins au premier
laboureur, et c'est pourquoi les artistes français vien-
nent, cordialement et affectueusement, apporter leur
hommage à l'artiste flamand dont le génie les aida et les
aide encore à développer leur propre génie, parce que
ce génie fut, comme le leur, naturel, sensible, passionné,
varié et sincère, c'est-à-dire, humain et, par conséquent,
universel.

ALLOCUTION

PRONONCÉE

PAR M. DAUMET

MEMBRE DE L'ACADÉMIE DES BEAUX-ARTS

AU NOM DE L'ACADÉMIE DE SAINT-LUC

MESSIEURS,

J'ai le très grand honneur d'avoir reçu mandat des membres de l'Académie de Saint-Luc, cette aînée de toutes les confraternités d'artistes, dont le siège est à Rome, d'exprimer son tribut d'hommage à rendre au grand artiste, à Van Dyck, l'un des plus illustres citoyens d'Anvers. Cette ville, dont l'école florissante a tant d'époques, a eu l'insigne honneur de compter aussi Rubens parmi ses gloires les plus retentissantes.

Paris. — Typographie de Firmin-Didot et Cⁱᵉ, impr. de l'Institut, rue Jacob, 56. — 38281.